Une casserole sur la tête

Alain M. Bergeron
Philippe Germain

À mon bon ami, Lucky Luc Durocher !

ALAIN M. BERGERON

Catalogage avant publication de Bibliothèque et Archives Canada

Bergeron, Alain M., 1957-
Une casserole sur la tête
(Mes premières histoires)
Pour enfants de 3 à 5 ans.

ISBN 2-89608-029-5

I. Germain, Philippe, 1963- . II. Titre. III.
Collection : Mes premières histoires (Éditions Imagine).

PS8553.E674C522 2006
jC843'.54 C2005-942332-3
PS9553.E674C522 2006

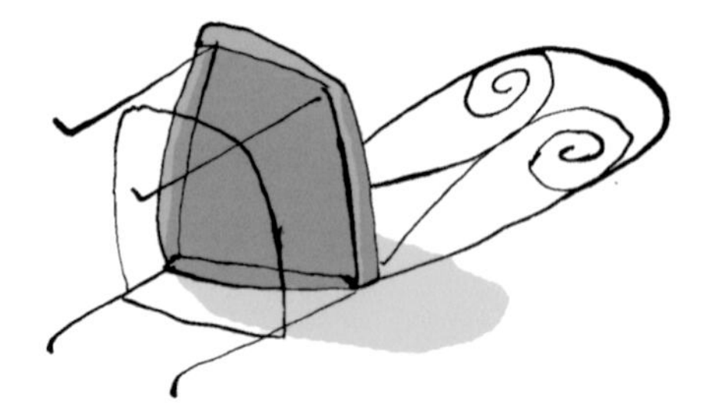

Direction artistique : Mireille Levert
Graphisme : Pierre David

Dépôt légal : 2006
Bibliothèque nationale du Québec
Bibliothèque nationale du Canada

Les éditions Imagine
4446, boul. Saint-Laurent, 7e étage
Montréal (Québec) H2W 1Z5
Courriel : info@editionsimagine.com
Site Internet : www.editionsimagine.com

Imprimé au Québec
10 9 8 7 6 5 4 3 2 1

Gouvernement du Québec – Programme de crédit
d'impôt pour l'édition de livres – Gestion SODEC

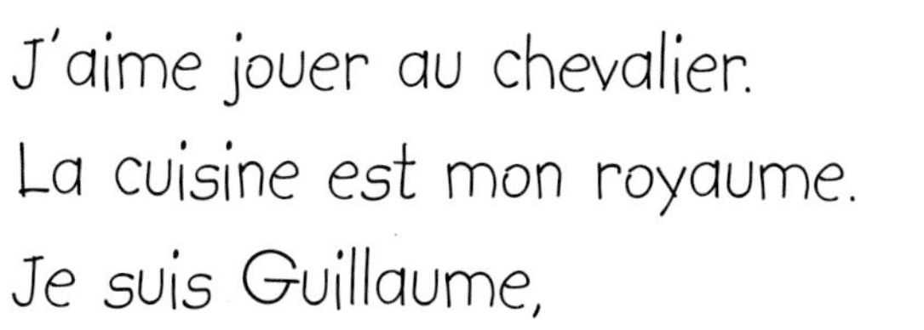

J'aime jouer au chevalier.
La cuisine est mon royaume.
Je suis Guillaume,
Le chevalier de la table carrée !

Le roi me confie une mission.
Je dois libérer la princesse
et tuer le dragon.
N'écoutant que mon courage,
je tue la princesse
et libère le dragon.

Oups ! C'était le contraire...
La reine proteste et m'envoie en prison.
Je suis même condamné aux travaux forcés.

Ma mission étant terminée,
je peux retirer mon armure.
Oh non ! J'ai un problème...
Mon casque est coincé !

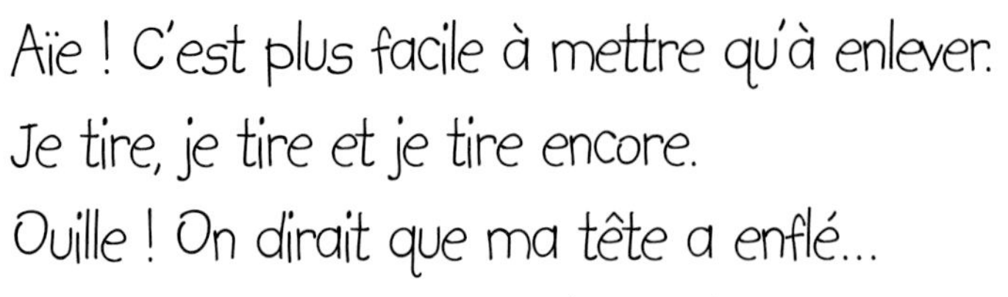

Aïe ! C'est plus facile à mettre qu'à enlever.
Je tire, je tire et je tire encore.
Ouille ! On dirait que ma tête a enflé...
— Vite, maman, viens m'aider !

— Et si on essayait en dévissant ? suggère-t-elle.
Zut ! Ça ne bouge pas plus qu'avant !
Maman tire et tire et tire encore !
Je crie et crie et crie encore !

Il ne reste plus qu'une solution : l'hôpital !
Dehors, c'est l'hiver. Il fait froid !
— Mets ta tuque, me dit papa.
Maman rigole.
Moi, je ne trouve pas ça drôle du tout.

À l'hôpital, nous attendons le docteur.
Des gens me regardent. Quel malheur !
Un monsieur qui a mal au ventre se tord de rire.
Plus il rit, plus il a mal au ventre :
— Aïe ! Ha ! Ha ! Aïe ! Ha ! Ha !
Gêné, j'enfonce ma tuque jusqu'au menton.
Et le monsieur rit encore plus fort !
— Aïe ! Aïe ! Ha ! Ha !
Ha ! Aïe ! Aïe ! Ha !
Ha ! Ha !

Au micro, quelqu'un m'appelle.
Maman m'attrape par le manche de la casserole.
L'infirmière écoute mon cœur et vérifie ma pression.
— Youhou ? Mon problème est sur ma tête, voyons !

Le médecin demande à maman :

— A-t-il une grippe ? Une otite ?

Je réponds :

— Non... c'est... ça !

Il lève les yeux.

Et son rire éclate dans la pièce.

— Toc ! Toc ! Toc ! Il y a quelqu'un ? demande-t-il.

Je pleure.

— Non ! Pas de piqûre !

Le médecin me rassure :

— Pas de piqûre, pas d'opération, mon garçon.

Comme maman, il tire et tire.
Et moi, je crie et crie !
Il tire et tire encore.
Et moi, je crie et crie encore !

Le médecin fouille dans ses livres.
Comment va-t-il me tirer de là ?
Avec une scie à métal ?
Un ouvre-boîte ?
De la... dynamite ?
Non ! Je ne veux pas exploser !

Soudain, le docteur a une idée :
il va consulter une spécialiste.
Il prend le téléphone :
— Allô, maman ?

Elle connaît un remède, elle : un peu de savon à vaisselle !
Quelques gouttes sous la casserole.
Deux, trois autres sur le front.

Tout doucement, le docteur tire… et tire…
et tire… et puis…
— Youpi !

Avant de partir, le médecin veut savoir :

— Alors, Guillaume, comment c'est arrivé ?

— Je portais ma belle armure pour sauver la princesse.

— La casserole te servait de casque ? demande-t-il.

— Oui ! Je suis le fier chevalier de la table carrée !

Je remets le casque sur ma tête pour lui montrer.

— Youpi !

— Oh non ! Encore coincé !!!